AF198342

Otto W. Bringer

OTTO
will er nicht heißen

weil es so altbacken klingt

Copyright: © 2020 Otto W. Bringer
Satz: Erik Kinting – www.buchlektorat.net
Umschlag: Otto W. Bringer

Verlag und Druck:
tredition GmbH
Halenreie 40-44
22359 Hamburg

978-3-347-13672-4 (Paperback)
978-3-347-13673-1 (Hardcover)
978-3-347-13674-8 (e-Book)

Bibliografische Information der Deutschen Nationalbibliothek:
Die Deutsche Nationalbibliothek verzeichnet diese Publikation in der Deutschen Nationalbibliografie; detaillierte bibliografische Daten sind im Internet über http://dnb.d-nb.de abrufbar.

Laut Geburtenregister heißt er Otto. Zweiter Name Willi, Kürzel von Wilhelm. In seiner Familie bevorzugte man Doppelnamen. Bei Jungens am liebsten Namen deutscher Kaiser. Karl der Rufname seines Vaters. Zweiter Name Otto. Karl-Otto, doppelt gemoppelter Kaiser hat mehr Macht, die allgemeine Meinung. Das patriarchalische System auf dem Höhepunkt. Berlin, das Zentrum der Macht in Deutschland. Seit Bismarcks Sieg 1871 über die Franzosen auch in Mittel-Europa.

Deutsche konnten nie genug bekommen von gekrönten Häuptern. Rechneten ihre Vergangenheit auf und feierten alles, was in Deutschland eine Krone trug. Von Karl dem Großen über Friedrich II., dem Preußenkönig, der sich als erster Diener des Staates verstand, bis Wilhelm II. Errichteten Denkmäler noch und noch. Aus Granit und Bronze, Jahrhunderte zu überdauern. Setzten Kinder in die Welt mit kaiserlichen Namen. Ob alle sich Helden wünschten? Einen wenigstens? Der Verdacht liegt nahe.

Unseren Otto jedenfalls kümmerte das so gut wie überhaupt nicht. Als er aufs Gymnasium ging, riefen Klassenkameraden ihn Ottilie, weil er ein geblümtes Hemd trug. Er hat etwas von Mädchen an sich, in Gesicht, Verhalten und Kleidung. Seine Mama liebte Geblümtes. Gerade Zehn und in der Sexta, lernte er Latein. Damals die Sprache der katholischen Kirche. Sah sich veranlasst, die Mode zu wechseln. Meldete sich als Ministrant, um rote Talare mit weißen Spitzenrochetts zu tragen. Stolz, eine Rolle zu spielen am Altar. Von allen gesehen und bewundert zu werden.

Freunde der Straße nannten ihn Öttes. Klingt wie die Aufforderung, Schule zu schwänzen, Pferde zu stehlen oder Fußball zu spielen. Otto reagierte, ohne zu wissen warum, auf alle Wörter, die mit O oder Ö anfangen. Ölfarbe, Ödipus, Oktopus oder Oase. Die in seinem Bauch landen und zur Kreativität anregten. Herauszufinden, was sie bedeuten. Jahrzehnte, bevor Michel Henry, der französische Philosoph, den

Bauch, nicht den Verstand, als Ursprung aller Kultur definierte.

Mit zwölf Jahren schrieb Otto seine erste Novelle: «Der Frühling». Tante Liesel, Schwester seines Vaters und einzige Studierte in der Familie, entdeckte einen Fehler: Weiße Wolkenbäuche segeln . . . statt weiße Wolkenbäusche segeln am blauen Himmel. Otto muss schon früh intuitiv geschrieben haben. Auch wenn er nur einen Buchstaben vergessen hat. Wolken sehen aus wie Bäuche. Der französische Philosoph hat Recht.

Als Kind litt er unter der Oberhoheit seiner Stiefmutter. Eine ihrer ersten Amtshandlungen war, die Namenstage aller Familienmitglieder einschließlich Verwandtschaft in den Wandkalender zu schreiben. Sie zu feiern, wann der Heiligenkalender es vorschrieb. Pflichtlektüre in jedem katholischen Haushalt. Wie das Kruzifix in der Küchenecke. Die bei den Evangelischen üblichen Geburtstage waren für die strenge Katholikin kein Anlass, Kuchen zu backen, Verwandte einzuladen.

Am 23. März steht Otto im Kalender. Der Tag, an dem unser Otto seinen Namenstag feierte. Obwohl niemand genau wusste, ob er ein Heiliger war. Die einen munkelten ja, andere munkelten nein. Er stand aber im Heiligenkalender. Folglich blieb es dabei. Otto, der große Kaiser, war und blieb ein Heiliger und unseres Ottos Namenspatron.

Mit einem Heiligen aber hatte er nichts am Hut. Die Folgen bedenkend. Mutti würde ihm immer dieses Muster an Frömmigkeit vorhalten. Ein Heiliger wollte er nicht sein und schon gar nicht werden. Aber mach mal was als zum Gehorsam verpflichteter Sohn. Am besten mitfeiern, Geschenke sammeln, lecker essen. Für zehn, fünfzehn Minuten Mittelpunkt der Familie sein. Es sah anders aus, wenn der 23ste auf einen Karfreitag fiel. Da ließ die gläubige Stiefmutter den ihrer Meinung nach Heiligen Otto einfach unter den Tisch fallen. Ihr Motto: Karfreitag wird gebetet, nicht gefeiert. Nicht achtend, dass sie damit quasi evangelisch verfuhr. Bei denen Karfreitag der höchste kirchliche Feiertag ist. Das Geschenk bekam er am Karsamstag-Abend. Es waren vier Karfreitage in all den Jahren. Ohne große Feier wie sonst.

Als Otto erfuhr, es sei ein Buch mit dem Titel «Helden und Heilige» herausgekommen, dachte er sofort, das ist die Rettung. In diesem Compendium - man erkennt den Lateiner - muss sein Kaiser Otto I. verzeichnet sein. Fand ihn unter der Rubrik Helden. Unter Heiligen Otto, Bischof von Bamberg, der heiligmäßig lebte, wie es heißt. So könnte er wie sein Vater zweimal Namenstag feiern. Das von der Kirche tolerierte Nachschlagewerk ist für das Christenvolk eine echte Glaubenshilfe, wie das Neue Testament. In ihm die ganze Hautevolee der Heiligen und heiligmäßig gelebten Helden.

Einen heiligen Kaiser hatte Otto nicht darin entdeckt, so oft er auch blätterte. Fluchte oder betete. Es gibt nur einem heiligen Otto, der kein Kaiser war. Also kein zweiter Feiertag. Auch, wenn nicht sicher ist, ob Kaiser Karl ein Heiliger war. Sagte sich: Es muss doch einen Beweis geben, dass Otto, Deutschlands zweitgrößter Deutscher Kaiser, ein Heiliger war? Neidisch auf seinen Vater Karl. Der selbst großer war, in Zentimetern gemessen.

Der hatte das Glück, zweimal im Jahr Namenstag zu feiern. Am 28. Januar Karl den Großen. Am 4. November auf Geheiß seiner Frau Karl Borromäus. Heiliger und Schutzpatron der Leute, die als Mitglied im Verein gleichen Namens fromme Bücher ausleihen und lesen. Glauben, es helfe ihnen gottgewollt zu leben, um in den Himmel zu kommen.

Jahrzehnte später liest er, Kaiser Karl der Große war gar kein Heiliger. Nicht in seinem Leben und deshalb von der römischen Kurie nicht als Heiliger bestätigt. Während des Schismas, einer Kirchenspaltung 1054, sprach der zweite Papst Paschalis III. ihn im Exil Avignon heilig. Die Kurie in Rom ignorierte es. Otto fragt sich, ist die Geschichte von Otto I., dem zweiten großen Deutschen Kaiser, genauso zweifelhaft?

Später, viel später in seinem Leben ergab sich eine Lösung dieses Problems. Otto kannte Leute, die mochten keine Ottos. Klang ihnen zu kaiserlich altbacken. Sie riefen ihn O.W. Kurz und knackig. O wie der Rufname Otto und der auf W verkürzte Willi. Der eigentlich ein Wilhelm war, letzter der Mohikaner Preußens. Otto-Willi adé.

Otto gefiel dieses Kürzel O.W. Vor allem, weil der kleinbürgerliche Otto und der noch kleinbürgerlichere Willi hiermit beerdigt waren. Erlaubte den Mitarbeitern in seiner Agentur ihn O.W. zu nennen. Klingt kurz und prägnant. Weder zu respektierlich noch kumpelhaft. Alle wussten, er liebt es geradezu der O.W. zu sein, nachdem Freundin Barbara und ihr Ekkehard ihn so nannten. Beide sind Professoren und Sprachgenies. Denken und sprechen Deutsch und Französisch, konzentriert auf den Kern von was auch immer.

Lediglich Atossa, eingewanderte Perserin und nach zwei gemeinsamen Abendessen seine Freundin, guckte erschrocken, als er sich mit O.W. vorstellte. Schlug ihre Hände über dem Kopf zusammen. Dann auf ihre Brust: „Oh weh! Oh weh!" Jammerte es wie ein Klagelied. Atossa liebt Gedichte. Besonders altpersische. Ihre Klänge in den Ohren als wäre das Leben ein Lied. „Oh weh" und lachte plötzlich hellauf.

Ottos kleiner Bruder, Karl mit Namen. Schrieb sich Carl mit C statt mit K wie sein Vater. Ließ sich als Korrespondent beim Hessischen Fernsehen «Charly» rufen. Oder «Hyppo» vom neunmalklugen Schwiegervater. Hyppo von Griechisch Hippos, Pferd. Oder von Hypothalamus mit einem p. Steuert im Gehirn das vegetative Nervensystem. Keiner weiß Genaues nicht. Warum? Weshalb? Wieso? Geschrieben steht es irgendwo.

Beider Großvater väterlicherseits hieß Peter. Wie der russische Zar und erster Kaiser Russlands, «Peter der Große». Auch ein weltlicher Potentat. Niemand fragte, ob nicht besser der Heilige Petrus sein Namenspatron sein könnte. Vielleicht wegen seiner kleinen Gestalt feierte Großvater den Großen Zaren. In den Spermien des kleinen Mannes muss Größe gesteckt haben. Denn sein Sohn Karl-Otto maß fast zwei Meter.

Alle Welt rief ihn Peter. Und dachte sich nichts dabei. Nicht Peterle, weil er von kleiner Statur war. Oder Pitter, weil er ein rheinischer Spaßvogel sein konnte. Riefen ihn mit ernstem Gesicht zum Essen: „Peter, es ist angerichtet." Als wäre er der Kaiser von Russland. Seine Zwillingssöhne, Wilhelm und Karl-Otto, unseres Otto Vater, nannte Peter nach den Kaisern Karl, Otto und Wilhelm. Kaisertreu war die ganze Familie. Den Heldentod seines Wilhelm im ersten Weltkrieg verwandt er nie. Weich wurde seine Stimme, wenn er vor dem großen Foto an der Wand stand und „Grüß Dich Willi" sagte. Es klang wie eine Zärtlichkeit.

Großvater Peter rief seinen kleinen Enkel, Ottos zwei Jahre jüngeren Bruder, Rolebub. Von «Carolus Magnus» abgeleitet, lateinisch Karl der Große. Manches Mal rief er ihn Moses, Name des jüngsten Matrosen an Bord eines Schiffes. Otto bekam keinen Schmusenamen. Otto kann man nicht verlieblichen. Heißt auf Lateinisch Otto wie Otto. Seine beiden Schwestern und andere Verwandte schlaumeierten sich mit Namenstags-Grüßen durch das Jahr. Mit einer der üblichen Glückwunschkarten. Handschriftlich nur die Unterschrift: Deine Schwester Klara. Oder Elisabeth. Lieber Otto in der Anrede ließen sie aus. Nur in der Postadresse ihre gut leserliche Handschrift. Das vorgedruckte «Herzlichen Glückwunsch» reichte ihnen. In seinen Ohren klang der Geburtsname nur, wenn er mit Aloys, seinem Freund aus Jugendtagen telefonierte. Aloys aber verschluckte gern Unwichtiges, kam immer gleich zur Sache. Vielleicht zwei- dreimal Otto gehört in all den Jahren.

Dann machte Ottos Leben einen großen Satz. Über dreißig Jahre Ehe hinweg mit Arbeit, Hausbau, Kindern und Suizid seiner Frau Marga. Lernte Rose kennen und ihre Eltern. Schwiegerpapa Lothar rief ihn Ottokar. Dachte an «König Ottokar» von Böhmen. Der gebürtige Wiener hatte Habsburg im Kopf und seine glorreiche Vergangenheit. Er selbst einen Adelstitel im Stammbuch: «Ritter Lothar Weihs von Wilbronn». Vom habsburgischen Kaiser Franz Josef I. 1871 verliehen. „Ich heiße Weiß wie Schwarz", sagte er, wenn man ihn nach seinem Namen fragte. „Bin nur der Pförtner", fragte ein Kunde am Telefon nach dem Preis. Zeit gewonnen, nachzudenken. Papa Lothar war als Mensch bescheiden und klug.

Rose, seine Tochter, nannte Otto weder so noch so. Rief ihn ChouChou. Wie Franzosen die Lieblinge in ihren Familien. Im Alltag der beiden rief sie ihn kurz und knapp Chou. „Chou reich mir mal Deinen Löffel." Tunkte ihn in Mousse-au-Chocolat, dippte ein Vanilletröpfchen darauf, einen Kuss hinterher mit gespitzten Lippen. Schob ihm lachend den Löffel in den schon geöffneten Mund. Sie waren sehr verliebt ineinander, die beiden erwachsenen Menschen. Sie elf Jahre jünger als er. Er vierundfünfzig, als sie sich kennenlernten.

Ottos Vater, der sich am 28. Januar, dem Todestag Karls des Großen, als Charlemagne feiern ließ, rief seinen Sohn Otto hin und wieder Kappesköppken, Düsseldorfer Dialekt. Nicht anders als Kohlköpfchen von Roses Chou. Alles hängt mit allem zusammen. Gehörte nicht Kaiser Karls Frankenland damals zum kommenden Römischen Reich Deutscher Nation? Charlemagne, Otto, Chou, Ottokar, Kappesköppken. Europäische Union auf familiärer Ebene. Ganz privat, bitteschön.

Das Leben ging seinen Gang. Hier wie dort. Rose hat eine neunundzwanzigjährige Ehe hinter sich. Ihr Mann ständig auf der Jagd nach Jüngeren. Kam oft wochenlang nicht nachhause. Warf ihr ein paar Blaue auf den Tisch und ging. Kam wieder, spielte den Verliebten und zeugte ein Kind. Rose studierte zu Ende und arbeitete als Gesprächstherapeutin in Bedburg-Hau am Niederrhein. Brachte einen Sohn zur Welt. Zweieinhalb Jahre Mutterglück und das Baby erkrankte an Hirnhautentzündung. Sie brachte ihn in ein Spezialheim nach Bayern. Bis heute leidet er an den Folgen. Agiert und reagiert autistisch, selbstbezogen. Empfindet nur eigenes Leid, eigenen Schmerz. Mimi, so nannte er seine Mutter, musste sich damit abfinden, dass er sie nicht umarmte wenn sie traurig war. Sie nicht liebte wie andere Kinder ihre Mama.

Auch Otto hat eine einunddreißigjährige Ehe hinter sich. Drei gesunde Töchter. Géla, Doro und Ule. Ihre im Standesregister eingetragenen Namen gekürzt. Man kann sich vorstellen, wie lange es gedauert, hätten sie sie mit ihrem vollen Namen zum Essen gerufen: „Angéla-Undine-Maria, Dorothea-Martha-Auguste, Ulrike, Hände waschen und an den Tisch." Bei der Jüngsten hatten sie sich gegen Mutter und Schwiegermutter durchgesetzt, sie nur auf den Namen Ulrike taufen lassen.

Alle drei schulisch mittelprächtig aber musisch begabt. Ottos Gene in Kopf und allem was man braucht, um ein Künstler zu sein. Doro spielte schon mit Sechs Johann Sebastian Bachs Inventionen auf dem Spinett. Später auch Jazz auf dem Klavier. Ule tanzte nach ihrem Pädagogik-Studium mit kleinen Kindern. Psychomotorisches Training nennt sie es. Gela, die älteste entwirft Kostüme für Oper und Schauspiel. Schaffte es bis New York an die „Opera Modern", wird ihr Superintendent. Costume-Designer der Jahre 2009 und 2012.

Marga, Ottos Frau und die Mutter der drei erlebte das alles nicht mehr. Verfiel Depressionen, lange bevor Otto Rose kennenlernte. Die Töchter aus dem Haus, Otto, ihr Mann bis spät in der Nacht in der Firma engagiert. Kunden zu behalten. Neue zu gewinnen. Die Zeiten schlecht wie lange nicht. Alice Schwarzers „Der kleine Unterschied" hatte Marga die Freude an Ehe und Familie vergällt. Beging Suizid. Otto und Rose begegneten sich. Es war Liebe auf den ersten Blick. Zwei Wochen später steht Roses Mann nach einem Herzinfarkt nicht mehr auf. Ein Gott schien alles so zu fügen, wie es gut für die beiden war.

Rose zog zu Otto in sein Haus. Sie heirateten auf Drängen seiner Tante Ali, der älteren Schwester seiner leiblichen Mutter. „Otto und Rose, Ihr beide gehört zusammen." Ermahnte sie zu heiraten bei jedem Besuch im Altenheim. Damit sie wirklich glücklich sind. Das französische Chou ignorierte sie. Hielt es für Nächstenliebe auf Abwegen. Sie war Direktorin einer Behindertenschule. Ihr Leitmotiv: In jedem Kind steckt mehr, als man ihm ansieht. Als sie gestorben, dauerte es nicht lange, Otto und Rose erfüllten Aloysias Heiratswunsch. Und waren nicht unglücklicher danach.

Zurück zum Liebespaar Rose und Chou. In einem Alter, das andere als Großeltern feiern. Jeder von beiden hat seine persönlichen Neigungen und Begabungen. Sie begannen aufeinander zuzugehen, sich kennenzulernen. Den anderen zu akzeptieren, wie er ist, was er bevorzugt, was er nicht ausstehen kann. Rose reiste gern. Otto blieb gern zuhause und kochte, bastelte, malte, spielte stundenlang Klavier oder Mundharmonika. Nicht lange und er folgte Roses lockenden Tönen. Italien und Frankreich das gemeinsame Ziel. Sie folgte ihm ins Reich der Töne und Farben, Johann Sebastian Bachs und Leonardo da Vincis.

Otto besaß noch eine Hohner-Mundharmonika. Eine, auf der man halbe Töne spielen kann. Wenn er die Backen aufblies und mit weit geöffnetem Mund saugte und pustete, klang es wie eine Orgel. Sinnigerweise hieß das kleine Notenheft für Anfänger «Mundorgel». Mit der Zeit war er kein Anfänger mehr. Spielte fast wie ein

Profi auf einer richtigen Orgel. Oder einem Harmonium. Egal, Rose setzte sich, hörte sie ihn spielen, in den bequemsten Sessel. Zündete eine Zigarette an und lauschte ihrem Liebsten. Folgte den rauschenden Tönen als wär' s die Stimme eines Engels. Vor ihren geschlossenen Augen das Bild eines Musikhimmels, in dem sich Dur und Moll umarmen und „je t' aime, ich liebe Dich, flüstern.

Schon zu früheren, Margas Zeiten entspannte es Otto, die Mundorgel zu spielen. Wenn es in seiner Agentur turbulent zuging. Kunden kamen und gingen wieder. Das Risiko an der Tagesordnung. Und mit ihm die Angst, nicht genug zu verdienen. Die Raten für die Hypothek nicht mehr bezahlen zu können, das Haus zu verlieren. Und die seelenkranke Frau. Otto, den man noch nicht O.W. nannte, in höchsten Nöten. Versuchte seine Sorgen auf der Mundharmonika wegzublasen. Oh weh, oh weh! Musik kann alles ausdrücken. Musik braucht keine Worte.

Aber auch praktisches Tun konnte helfen, Probleme zu vergessen. Fuhr mit Frau und Kindern im preisgünstig gekauften VW-Käfer in die nahe Eifel. Inklusive Abstecher nach Aachen. Im kaiserlichen Dom um Erkenntnis zu beten. Glaubte damals noch, dass Beten hilft. In der hochaufragenden oktogonalen Pfalzkapelle die richtige Stimmung. Original karolingische Architektur. Vom hohen Gewölbe herunter hängt an Ketten der achteckige Bronzeleuchter Kaiser Ottos des Großen. Mit seiner Quasimauer und acht Türmen Symbol des himmlischen Jerusalem. Erinnert, dieser Kaiser habe das Kunstwerk der Kirche geschenkt.

Auf der Empore der marmorweiße Sessel Karls des Großen. Hier haben alle deutschen Könige nach ihrer Krönung durch einen Kardinal dem feierlichen Hochamt beigewohnt. Unser Otto konnte sich gut vorstellen, dass das christliche Volk sich unter ihm doppelt aufgehoben fühlte. Gott und Kaiser anwesend, als wären sie eine Person.

Otto erinnert sich genau. Wollte es genau wissen und nahm ein Informationsblatt aus dem Fach. Las und es traf ihn der Schlag. Hätte er nicht auf einer Bank gesessen, wäre er zu Boden gestürzt. So mächtig die Erkenntnis. „Ich blöder Kerl", dachte er im Stillen. Damit es niemand für eine Beichte hielt. Total vergessen, was er im Fach Geschichte gelernt. Das kommt davon, wenn man nur Otto im Kopf hat. Otto, immer nur Otto. Jetzt wusste er es besser und fühlte sich auf seltsame Weise erleichtert. Der Leuchter war ein Geschenk Friedrich I., genannt Barbarossa, Rotbart und seiner Frau Beatrix von Burgund. Dieser kapitale Irrtum Ottos, von dem hier die Rede ist, geschah zu einer Zeit, als man ihn noch Otto nannte. Nicht O.W.

Geheilt vom Kaisersyndrom war Otto noch nicht. Jahre später fuhr er mit seiner Rose nach Bamberg. Ihr Sohn Christian verbrachte seine Kindheit in einem Spezialheim für behinderte Kinder nahebei, wie der Leser weiß. Öfter mal wollten Rose und Chou, vormalig Otto, eine Stätte ihrer Vergangenheit besuchen. Und prüfen, ob sie ihnen noch etwas bedeutet. Vielleicht sogar Lehren daraus gezogen haben. Rose wollte mit der Directrice des Kinderheims reden, mehr zu erfahren über die Spätfolgen von Christians Krankheit. Otto zog es nach Bamberg in den Dom. Seinen vom Kunstunterricht bekannten Reiter unter dem Baldachin zu sehen. Hörte von Leuten, es ist Otto, sein Kaiser. Wenn er schon in einem Dom an so prominenter Stelle thront, muss er zumindest heiligmäßig gelebt haben. Sankt Martin im Kopf, der auch auf einem Pferd saß, als er seinen Mantel mit einem frierenden Bettler teilte.

Die Skulptur soll ein Kaiser sein, obwohl sie nicht die typische Krone trägt, glauben Wissenschaftler zu wissen. Auch Kaiser trugen eine Schlafmütze im Bett. Einen Hut auf der Jagd. Beim Gottesdienst barhäuptig wie alle. Otto kannte das Foto, sah jetzt das Original: Junger Mann sitzt aufrecht auf seinem Pferd. Majestätisch. Senkrecht alles, hochgereckt Pferd und Reiter gen Himmel, schwärmen Kunsthistoriker. Meisterlich aus Stein gehauen, die Farben noch frisch. Das kann nur ein Kaiser sein. Wer aber ist es wirklich?

Selbst Mittelalterexperten sind nicht sicher, wer es ist. Wissen nicht und raten, wer könnte es sein: Konstantin der Große? Heinrich II.? Friedrich Barbarossa? Friedrich II., der berühmte Stauferkaiser? Den man das Staunen er Welt, ihren wunderbaren Verwandler nannte. Kein Otto I. Nichts ist gewiss. Unser Otto wieder am Fliegenfänger. Weiß nicht, wie es weiter geht. Wo ist sein Otto, der Kaiser? Einmal möchte er ihn sehen, wissen, wer er war. Wie die Welt ihn damals sah.

Von Karl dem Großen gibt es das Tagebuch Einhards, seines ständigen Begleiters. Viele zeitgenössische Bilder, das Reiterstandbild in Paris auf der Seine-Insel «Il de Re», vor der Kathedrale «Notre-Dame». Am bekanntesten ist die vergoldete Büste in der Schatzkammer des Aachener Doms. Sie ist ein Reliquiar, in dem seine Schädeldecke die Zeiten überdauert. Authentisches Abbild von Karl dem Großen? Auch hier werden Zweifel geäußert.

Der Namenspatron seines Vaters auch ein Unbekannter?

Ob Karl der Große der einzige Kaiser blieb in seiner Familie? Fragte sich Sohn Otto. Es scheint, als hätte Kaiser Otto sich verkrochen. Wohin bloß, verdammt nochmal? Warum heiße ich Otto, wenn es keinen heiligen Kaiser dieses Namens gibt? Fragte sich, fragt und bekommt die Antwort nicht. War es lediglich eine Laune seines Vaters? Oder traditionell Pflicht, den eigenen Zweitnamen Otto weiterzugeben an seinen Ältesten. Kontinuität zu wahren. Damals übliche Praxis in deutschen Familien. Charlemagne seines Vaters Favorit. Er konnte ihn nicht oft genug ins Spiel bringen. Am liebsten, wenn er Gustel. seine zweite Frau, Stiefmutter von Otto und Carl, dazu zwang, seinen Namenstag zweimal zu feiern. Übers Jahr verteilt, damit die Geschenke vielfältig ausfielen. Das Festessen besser schmeckte als am Ostersonntag. Papa Karl feierte den Kaiser am 28. Januar. Den Heiligen Karl Borromäus am 4. November. Dem Kardinal zuliebe und Gustel, seiner zweiten Frau.

Wo aber ist Otto, der Kaiser? Otto, der dessen Namen trug ohne ein Kaiser zu sein, beschäftigte sich im fortgeschrittenen Alter von achtzig Jahren mit dem frühen Mittelalter. Wer so alt ist, weiß, was Altertum bedeutet. Er wollte herauszufinden, wo sein Otto steckt. Entdeckte seinen Kaiser in einem Kunstkalender. „Hurra, jetzt habe ich Dich" rief er aus. Rose froh, als sie diesen Ruf vernahm. Ihren Liebsten glücklich zu wissen. Was immer es sein mochte. Dieser studierte Leben und Wirken seines Namenspatrons und wusste mehr als bisher. Kaiser Otto I. begann seinen Aufstieg im Osten des Reiches. Bevor er König und Kaiser des damaligen Deutschlands, des «Heiligen Römischen Reiches Deutscher Nation» wurde. Im Magdeburger Dom sein Grab.

Otto überrascht und glücklich, als er liest, auch sein Otto wurde im nahen Aachen zum Deutschen König gekrönt. Saß auf dem Thron seines Vorgängers Karl. Die Fahrt nach Aachen war also nicht vergeblich. Auf einer Reise durch den Harz fährt er mit Rose durch Wallhausen. Nicht ahnend, das Otto der Große hier zur Welt kam. Hatte er bei dieser Fahrt durch Wallausen nicht einen Ottonischen Geruch in der Nase? Ottonischen Geschmack auf der Zunge? Klangen nicht die Glocken der Kirchen wie Bronzegeläut vor tausend Jahren? Erinnert, es war im Mai. Mit einem Otto-Festessen nach kaiserlichen Rezeptbüchern als Höhepunkt. Sie wollten daran teilnehmen, aber der Anmeldeschluss war lange vorbei. In der vollbesetzten Taverne kein Platz mehr für neugierige Besucher.

Unerheblich fand Otto in diesem Zusammenhang die spätere Kaiserkrönung in Rom. Hauptsache, sie hat dort stattgefunden. Am 2. Februar 962 durch die höchstkatholische Instanz, Papst Johannes XII.. Belegt wie bei Karl, dem von ihm hoch geschätzten Vorgänger, 162 Jahre früher. Rom kam bei Otto, alias O.W., alias Chou, erst später vor. Viel später mit Rose auf einer Reise ins geliebte Italien. Er sollte keine Spur von Otto finden. Man wollte sie partout nicht ins Geheimarchiv des Vatikans lassen.

Immer öfter geht unserem Otto alias O.W., alias Chou durch den Kopf, er ist einer der letzten, denen Eltern diesen kaiserlichen Namen gaben. Heute heißen Buben Eric, Ben, Jonas, Fabian. Seine Rose wünschte sich eine Charlotte. Weil ihr der Name gefiel. An Charlotte von der Pfalz erinnerte, die mutig den französischen König Louis XIV. kritisierte. Weil er ihr Land besetzen, ihr Schloss in Heidelberg in Brand setzen ließ. Bevor Roses Charlotte gezeugt werden konnte, hatte O.W. Prostataprobleme. Man musste seine Samenleiter trennen. Rose untröstlich. Ein Kind von ihrem Chou wäre der Höhepunkt ihres Glücks gewesen. Kümmerte sich mehr um ihren Liebsten, ohne an sich zu denken und ihre seit Kindertagen kranke Lunge.

Optimistisch plante sie ihre gemeinsame Zukunft, ihm nichts gesagt. Auf Optimismus gespielt. So ging es ein, zwei Jahre. Zuletzt musste sie viermal ins Krankenhaus. Innerhalb vier Monaten viermal operiert. Dreimal den Darm, einen Tumor im Kopf.

Vier Vollnarkosen hielt ihre kranke Lunge nicht aus. Rose starb Weihnachten 2009. Ein letztes Mal gehaucht: „Ich liebe Dich." Chou untröstlich. Sein letztes Gedicht:

«Die Tage sind dunkel wie nie - lass es genug sein Herr - schick deinen hellsten Engel - an Weihnacht wäre schön.»

Geholfen hat es ihm erst Jahre später.

Jüngst springt O.W. sein Geburtsname Otto in die Augen. Auf dem Münstermarkt in Freiburg. Neugierig auf seinen Namensvetter, schnurstracks darauf zugegangen. Gut zu lesen, auch ohne Brille. Metergroß steht «OTTO» auf dem Schild. Darunter: Brot nach alter Väter Sitte. «Opa-Otto-Brot». Auf dem Tresen dunkel gebacken, aufgeschnitten. Man sieht die leckere Kruste, schmeckt schon das knusprige Braun. Den lockerluftigen Duft in der Nase. Kauft ab da nur noch Opa-Otto-Brot. Erinnert ihn an die sogenannte gute alte Zeit. Doch diese Zeit war schlecht zumeist. Aber das Brot von heute schmeckt prima. O.W.B. spürt Verwandtschaft im Geiste und bleibt bei Opa-Otto-Brot.

Aber der Kaiser Otto, sein Namenspatron, lässt ihn nicht ruhen. Jetzt wieder beim Schreiben dieser Zeilen. Leider gibt es keine authentischen, zeitgenössischen Bilder vom Kaiser Otto. Lediglich Zeichnungen in Archivarien, Miniaturen in Memorialbüchern auf der Reichenau. Keine Portraits, wie sie von anderen dieser Zeit bekannt sind. Nur Bilder von Kriegern und Siegern. Auf dem Lechfeld z.b. Als er 899 das Heer feindlich gesinnter Magyaren besiegte. Eine steinernes Relief im Magdeburger Dom das einzige, von dem der Volksmund sagt, es sei Otto und seine Frau Edgit. Eine Schwester des englischen Königs Æthelstan. Ob es stimmt, ist fraglich.

O. W. hatte mit den Jahren gelernt, zu verdrängen, dass er Otto heißt. Alle rufen ihn O.W. Aber die Geschichte Kaiser Ottos, die ja auch seine ist, lässt ihn nicht los. Hätte so gerne gewusst, wie sein Namenspatron aussah. Um sich ein Bild von ihm zu machen. Auch wenn er ihm momentan piepschnurzegal ist. Möchte schon wissen, wie aussieht, was ihm egal ist. Der Teufel hat einen Schwanz. Auch ein Piepschnurz muss ein Zeichen haben, das ihn kenntlich macht und unverwechselbar. Welchen Gesichtsausdruck hatte Otto wohl, wenn er mit seinen Rittern redete? Welchen beim Liebkosen seiner

Frau? Schlug er die Augen nieder, wenn er im Hochamt betete?

Überhaupt, warum nennt man ihn einen Großen? Historiker titulieren ihn so. Was aber ist Größe? Einmeterachtundneunzig wie sein Vater kann's nicht sein. Ottos Reichsgebiet auch nicht. Es war kleiner als Karls, das ganz Frankreich einschloss. Otto des Ersten «Heiliges Römisches Reich Deutscher Nation» reichte von der Nordsee, Ostsee über die Alpen bis südlich von Rom. Immer noch größer als alle späteren. Grund genug, stolz zu seine auf einen solchen Namenspatron? Ach pfeif drauf. Damals war damals. Heute ist heute. Ach, wäre doch alles Kunst.

O. W. ist vernarrt in alles, was Kunst ist. Gebäude, Gemälden, Holzschnitte. In Skulpturen aus Holz oder Marmor. In Liedern, Sonaten und Symphonien. Zeigen die Welt und ihre Kreaturen in einem anderen Licht. Von Meistern ihres Fachs gemalt, gestichelt, gemeißelt oder komponiert. Ottonische Kunst ist heute noch bewunderte Aktualität. Ottonische Renaissance genannt. Weil sie frühere Elemente aus Byzantinischer Zeit enthält. Wie die Renaissance um 1500 die Kunst griechischer und römischer Antike zu neuem Leben erweckte. In Architektur, Goldschmiede-Kunst, vor allem in der Buchmalerei. Hinreißend schön das Evangeliar «Majestas Domini» aus dem Gero-Kodex der Insel Reichenau. Kodex , Vorläufer des Buches mit einzelnen Pergamentblättern. Statt der bis dahin üblichen beschriebenen und bemalten Endlosrolle. Wie die jüdische Thora heute noch.

Dominant der breite Ring um den prächtigen Herrscherthron. Die Mitte von allem betonend. Wie gewebt aus kleinen erdfarbenen Rhomben mit goldenen im Wechsel. Untergrund sattgrüne Wiese. Eingefasst mit floralen Ornamenten eines Orientteppichs. Auf dem Thron ein jugendlicher Christus. Könnte Apollo sein. Typisch die Geste seiner vor der Brust erhobenen rechten Hand: „Seht her und hört, was ich euch zu sagen habe."

Die andere hält das Buch. Nichts Kämpferisches, wie auf Bildern anderer Potentaten. Man könnte daraus schließen, Otto der Große, ein Mensch dieser Zeit, war ein Mann des Wortes. Vielleicht wollte er es sein und konnte es nicht. Die Verhältnisse damals im Reich ließen es nicht zu. Heute ist es nicht anders. Immer sind andere Interessen stärker. Leider meist menschenfeindliche, zerstörerische. Otto blieb nur, das Ideal des friedlichen Fürsten mit Christus, den Herrscher der Welt zu symbolisieren. Die Mönche in den Klöstern anzuweisen, ihn, den Kaiser, in Evangeliaren als Diener Gottes und der Menschen abzubilden.

O. W. verschmerzte mit der Zeit, dass er als Kind im Elternhaus den Kaiser und sich selbst nicht so feiern durfte, wie sein Vater. Später, Jahrzehnte später feierte er nur seinen Geburtstag wie die meisten Menschen mittlerweile. Katholische und andere alte Bräuche hatten weitgehend ausgedient. Nichtssagende Kürzel beherrschen die Kommunikation. Okay, super, sale, neuerdings MeToo. Die Sprache stirbt. Und mit ihr die alten Namen. Nur in erzkatholischen Ländern feiert man Namenstage nach wie vor. Lautstark und trotzig gegen den Zeitgeist. Zum Himmel blasender Protest von Traditionalisten?

OW bedauert dies und wieder nicht, obwohl er seinen Namen auf zwei Buchstaben verkürzt. Und damit gut lebt. Er selbst und alle die ihn so rufen, wissen wer dahinter steckt. Bei neuen Bekanntschaften wahrt O.W. die Anonymität. Bis er weiß, mit wem er es zu tun hat. O.W. klingt zwar ein bisschen wichtigtuerisch. Als wären zwei Buchstaben die ganze Welt. Neulich wurde er fremden Leuten vorgestellt. Einer von ihnen wollte ihn ärgern: „O.W. wie O.W. Fischer". Und grinste. Meinte den bekannten Filmschauspieler und Frauenhelden. Bin ich auch ein Mann dieses Typs? Fragt sich O.W. Bringer und zögert mit der Antwort.

Otto weiß, auch er ein O.W. Aber Bringer statt Fischer, wenn das Stammbuch nicht lügt. Hinter seinem O.W. stehen zwei deutsche Kaiser. Ein großer und ein Fahnenflüchtiger. Kaiser Otto I. gleich nach Kaiser Karl in der Rangordnung von Historikern. Leider auch Kaiser Wilhelm II., der letzte ein Preuße und oberster Herrscher aller Deutschen. Einer, der nach dem verlorenem Krieg 1914 - 1918 sein Land verließ. Um in Holland Genever zu trinken.

Andere Ottos interessieren ihn nicht. Otto von Bismarck, Gründer des vereinten Deutschlands. Bis dahin viele kleine Herzogtümer und Grafschaften. Otto von Habsburg. Letzter einer Jahrhunderte alten Dynastie. Otto von Guerike entwickelte die erste Luftpumpe. Otto Hahn, entdeckte die Kernspaltung. Otto Graf Lambsdorf, letzter Kämpe der FDP für die Freiheit des Individuums. Otto-Versand für alles und jedes. Otto-Motor, ohne den wir noch in der Pferdekutsche führen. Otto Waalke, Scherzbold. Otto vom Lotto, Werbefigur. Otto der Normalverbraucher schon überhaupt nicht. Otto Dix, der Maler, einzige, bekannte Ausnahme von der Regel.

Nur Kaiser Otto I., den man den Großen nennt, dieser vermaledeite Bekannte, Unbekannte, lässt sich nicht blicken. Nichts von sich hören oder lesen. Nichts. Nun weiß er schon einiges mehr über ihn. Aber Magdeburg scheint nicht interessant genug zu sein. Nicht so sehenswert, dass sich eine lange Reise lohnt. Kennt nur das Foto mit dem Relief. Dessen Identität fraglich ist. Es zeigt einen alten Mann mit einer alten Frau. Nebeneinander, als hätten sie sich nichts zu sagen. Könnten Normalverbraucher von heute sein. Von einem Plagiator auf antik gemacht. Krone, Zepter und Reichsapfel wie unwichtiges Beiwerk. Hauptsache, die Pfaffen damaliger Zeit hatten eine Figur, die Gläubige für einen Heiligen hielten.

Eines Tages kommt ein Computer ins Haus. Und mit ihm das Internet. Otto lernt ganz rasch diese Wunderkiste auszunutzen. Gibt «Otto der Große» ein. Und schon weiß er viel mehr über seinen Namenspatron. Von vielen Autoren aus aller Welt geschrieben. Mehr als er bisher gelesen hatte. Sogar eine wunderschön kolorierte Skulptur gibt es von ihm. Im Meißener Dom, dem Bischofssitz der Diözese Dresden-Meißen. Der Osten des deutschen Reiches hat es in sich. Erkannte unser Otto und blätterte in einer Geschichte, die im Jahr 989 begann und nicht mehr enden sollte.

Otto und Adelheit stifteten in diesem Jahr der Kirche Land. Ließen eine Kirche bauen und Häuser um sie herum. Der Ort Meißen wurde die Keimzelle des Christentums in Sachsen. Otto also auch wie Vorgänger Karl ein entschlossener Kämpfer für die Verbreitung des christlichen Glaubens. Beide in der Kunst des frühen Mittelalters als bedeutende Herrscher abgebildet. Vergoldet Karls Portrait, einem Reliquiar, das seinen Schädel enthält. Hier im Meißener Dom als steinernes Abbild prominent an der Nordwand: Otto und seine Gemahlin Adelheid.

Beide überlebensgroß auf Postamenten, unter einem Baldachin an der nördlichen Chorwand. Nahe dem Allerheiligsten. Er mit Krone, Reichsapfel und Zepter. Sie mit Krone und Hermelinmantel. Beide als frommes Ehepaar dargestellt. Vorbild für die sündige Gemeinde zu ihren Füßen. Beide wurden am 2. Februar 962 in Rom gesalbt und gekrönt. Kaiser und Kaiserin. Er gleichzeitig Priester der Kirche und somit Stellvertreter Christi. Adelheit die erste Frau im höchsten Amt.

Zeichnungen in Büchern aus dem zwölften und dreizehnten Jahrhundert zeigen Otto breitmächtig auf einem Thron. Erkennbar an den Insignien. Krone, Zepter und Reichsapfel. Etwa ab seiner Regentschaft setzt sich in der Kunst ein neues Stilmittel durch. Christus, aber auch Könige und Kaiser auf Bildern, als Skulpturen haben Bart und langes Haupthaar. Das neue Stilmittel, faktisch Erkennungszeichen für die höchste Kategorie einer Herrschaft, die auch ein einfältiges Gemüt identifizieren konnte. Trägt ein Mann mit Krone einen Bart, das Haupthaar lang bis auf die Schulter, ist es Gott oder ein Kaiser.

Hätte Ottos Stiefmutter gewusst, dass sein Namenspatron in einem katholischen Dom als Heiliger verehrt wird, ist es fraglich, ob sie ihren Otto auch noch den Kaiser feiern gelassen. Selbst wenn sie die Möglichkeiten des Internet gekannt, hätte sie ihn ignoriert. Oder bewusst ausgeblendet. Zwei in der Familie mit zwei Namenstagen sind zu viel. Die Arbeit bleibt bei ihr hängen. Außerdem kann sie selbst ihren Namenspatron nur einmal feiern. Den Heiligen Augustinus. Ein heiligmäßig lebender Mann. Kluger Kopf und Kirchenlehrer. Der römische Kaiser Augustus kam nicht infrage, weil er ein Heide war. Trotz Förderung des Christentums in seinem Reich aus praktischen Gründen. Lebte und liebte wie ein Heide.

Frage mich jetzt, warum hatten ihre Eltern sie Gustel getauft, abgeleitet von Augustinus, einem Mann? War er ein Zwitter vielleicht? Sodass Frauen ihn zum Namenspatron wählen konnten. Von einer weiblichen Augustina nie gehört. Auf wen mag sich eine Petronella berufen? Verstehe einer die Frauen.

Ob Otto ein Heiliger oder ein Held war, ist nicht ganz klar. Auch nicht bei Karl dem Großen. Wer immer «Helden und Heilige», die zweite Bibel der Katholiken geschrieben hat, könnte es wissen. Katholiken aber glauben, sonst wären sie nicht römisch-katholisch. Wer in diesem Compendium der Helden und Heiligen steht, ist ein Heiliger. Oder ein Held. Schwarz auf weiß, Goldschnitt und Rotgoldledern eingebunden wie ein Messbuch. So etwas darf nicht angezweifelt werden.

Noch etwas sollte nicht verschwiegen werden: Unser Otto hatte zwei Vornamen, weil es damals üblich war. Einer von beiden aber musste ein Heiliger gewesen sein. Es hätte wie bei seinem Vater sein können. Mutti Gustel aber wollte keinen Kaiser feiern. Nur einen, der Heiliggesprochen war. Einen Otto, der in seinem Leben ohne Frau und Familie ein gottesfürchtiges Leben führte. Einen Priester am liebsten, wie der Bischof Otto von Bamberg. Den Kaiser Otto im Geschichtsunterricht gelassen, wohin er gehört. Aber sie konnte sich nicht durchsetzen.

Vater Bringers ganzer Clan plädierte lautstark für den Kaiser Otto. Wie der, um den es ging, von seinem Onkel Alex erfuhr. Alex wie Alex. Nichts davor oder dahinter. Einfach den langen Namen Alexander umgangssprachlich gekürzt. Auch, wenn er ein Großer war. Einer, der die Welt eroberte und bis Indien kam. Seine Soldaten ermutigte, Frauen der eroberten Völker zu heiraten. Verdrehte Welt.

Bei Namen, Moral und Namenstagsdatum. Die Familie Karl-Otto Bringer feierte ihren

Sohn Otto am 23. März. Jahr um Jahr um Jahr. In einem anderen Heiligen-Kalender aber entdeckt Otto am 30. Juni. Schaute sich die Liste genauer an und fand er noch andere Heilige dieses Namens. Wer von ihnen ist der richtige Otto? Kaiser Otto I.? Gefeiert am 23. März. Otto, Bischof von Bamberg? Gefeiert am 30. Juni. Otto, Probst eines Prämonstratenser-Stiftes in Coesfeld? Wird am 23. Februar gefeiert. Einige Evangelische feiern Kaiser Otto den Großen am 7. Mai. Hat unser Otto all die Jahre seinen Namenstag am falschen Tag gefeiert? Die ganze katholische Bringer-Familie unter evangelischer Flagge gesegelt vielleicht, ohne es zu wissen?

Otto amüsiert sich und kalkuliert: Nach dieser Liste hätte er viermal Namenstag feiern können. Zweimal so viel wie sein Vater. Mindestens. Im Computer tauchen immer mehr Ottos auf. Wikipedia macht's möglich. Mutti lebt nicht mehr. Seine Rose, Gott sei's geklagt, auch nicht. Otto ist allein im Haus. Könnte feiern sooft er will. Sooft die Lust ihn treibt, von anderen überfallen zu werden mit Freundlichkeiten und Geschenken.

Ach, wie das klingt: Herzlichen Glückwunsch zum Namenstag. Namen sind klingende Gegenwart. Geburtstage rattern wie ablaufende Zeit. Schön war's an den Namenstagen. Unterhaltsam und lecker. Alle Jahre wieder. Freude glänzte aus allen Knopflöchern. Unvergesslich.

Geburtstage dagegen sind schnell vergessen, bis auf die runden alle Jubeljahre. Bei den Bürgerlichen Anlass, die Sau rauszulassen. Morgen ist ein anderer Tag. Wieder einer weniger. Ein Name aber bleibt, der er ist. Dreihundertfünfundsechzig Tage. Erklingt so viele Male, wie oft man Ohren hat zu hören.

O. W. hatte sich, seit er alleine lebt, vorgenommen, jeden Tag zu feiern. Nach der antiken Devise: «Carpe diem», nutze den Tag. Jede Minute, jede Sekunde, in der er sich glücklich fühlt. Lebt nicht nach dem Kalender. Nur nach Gefühl, dem Wissen, ich komme weiter, lerne immer noch dazu. Ein wunderbarer Prozess, reicher zu werden an Erkenntnissen. Nichts ist so wie es scheint.

Blättert weiter im Computer. Neugier durch Wissensdurst ersetzt. Klüger geworden, ohne überheblich zu werden. «Ich weiß, dass ich nichts weiß», des weisen Sokrates Erkenntnis. Aber Wissen ist Macht, auch wenn es nur der berühmte Tropfen auf heißem Stein ist.

Sein Namenspatron Otto I. hatte Feinde im eigenen Land. Mitbewerber um den Thron der Könige in Deutschland und Italien. Berengar, Friauler Adel, im Laufe der Zeit eingedeutscht? Bringer geworden? Völlig neue Perspektiven. Als König von Italien, ärgster außenpolitischer Gegner Otto I..

Bundesgenosse des Papstes Johannes XIII. Otto auf einem Feldzug nach Italien, alte Macht zu sichern, nahm das Oberhaupt der Kirche gefangen und schickte es nach Bamberg ins Exil.

Berief in Rom eine Synode ein und setzte den Papst ab. Einen neuen, Leo VIII. ein. Der abgesetzte Johannes konnte die Römer gegen Papst Leo aufwiegeln. Leo floh an Ottos Hof. Dann starb Johannes XIII. Die Römer wählten Benedict V. zu ihrem neuen Oberhirten. Obwohl Otto ihnen verboten hatte, ohne seine Zustimmung einen Papst zu wählen. Der früheste Investiturstreit, an den Otto, der Überlebende einer kaiserlosen Dynastie, sich erinnert.

Machtkämpfe waren es, die Kaiser und Päpste gegeneinander in Stellung brachten. Beide Seiten beteten zum selben Gott, dass er ihnen den Sieg verleihe. Denselben Erzengel Michael. Schutzpatron christlicher Glaubenskämpfer. Sie glaubten sich im Recht, und töteten solange, bis sie Recht hatten. Das Recht des Stärkeren.

O.W., immer schon distanziert zu solchen Methoden der Rechthaberei, hatte einen weiteren Grund sich mit dem Kürzel O.W. von seinem Namensgeber zu distanzieren. Verschluckt ist der mittlerweile unmodern gewordenen Otto. Für Geschäftsfreunde war er der O.W.B. Für Freunde O.W. Nur Insider wussten was diese Buchstaben bedeuteten.

Zuletzt noch ein kurzer Rückblick: Bis Ende Achtzehnhundert war Otto einer der beliebtesten Namen. Ab den Vierzigern des neuen Jahrhunderts kaum noch vergeben. Heute praktisch tot. Es lebe O.W.B. Auf dass er in die Geschichte eingehe.

Es ist vertrackt, Otto, der Kaiser lässt unseren Otto nicht los. Liest weiter, um zur Kenntnis zu nehmen: Hohen Stellenwert hatte sein Namenspatron Otto der Große seit Jahrhunderten. Wie es sich für einen christlichen Kaiser gehört. Von dem nur die guten Taten bekannt sind. Für Germanen seit eh und je Helden und Heilige. Nach Ottos Sieg 955 über die Ungarn auf dem Lechfeld wurde er als Retter der Christenheit gefeiert und besungen. Im Standardwerk «Helden und Heilige» verewigt. Solange Heilige noch geglaubt werden. Im neuen Zeitalter virtueller Träume.

À propos Zukunft. Die meisten Menschen planen ihre Zukunft. Die einen setzen Kinder in die Welt. Auf dass der Name ihrer Familie weiterlebe. Dem Befehl Gottvaters folgend: Liebet und mehret euch! Andere bemühen sich, durch ein anständiges Leben in den Himmel zu kommen eines Tages. Zumindest aber mit ruhigem Gewissen zu sterben. Ich habe mein Bestes gegeben. Man weiß ja nie, was wirklich nachher sein wird.

Weltliche Herrscher hatten mehr im Sinn als in den Himmel zu kommen. Naheliegenderweise irdisch orientiert. Kaiser Otto I. ein machthungriger Typ. Trickste bei Aufständen des Adels gegen seinen Anspruch König zu werden sogar seine engsten Verwandten aus. Seine Zukunft hatte einen Namen: Karl der Große. Mit ihm genannt zu werden, wenn von Deutschlands großen Kaisern die Rede ist.

Bruder Heinrich und Sohn Liudolf wurden ins Abseits gestellt. Er mit Mehrheit zum Deutschen König gewählt. Otto, kaum an der

Macht, plante seine eigene Zukunft wie die eines Reiches. Mit dem Aushängschild «Schutzherr des Christentums» unternahm er alles, sein Einflussgebiet zu vergrößern. Und gleichzeitig das der Kirche. Seinen Ruhm sicherzustellen. Und seine Nachfolge.

Sohn Otto, später Kaiser Otto II. verheiratete er mit «Theophanu», der Tochter des oströmischen Kaisers «Johannes I. Tsimiskes». Sicherte somit die Ostflanke seines Reiches. Und gleichzeitig den Bestand des Heiligen Römischen Reiches Deutscher Nation.

Frage: Hat einer der heutigen Potentaten das Morgen im Blick? Gesichert sogar? Von Bundeskanzlerin Angela Merkel hört man nur sowohl als auch. Sieht die zum Dreieck gefalteten Hände an schlapp herunterhängenden Armen. Unbeweglich wie fixiert am unteren Saum ihres Blasers. Als riefe sie Euklid, den antiken griechischen Mathematiker um Beistand. Nicht umgekehrt. Wie manch Zeitgenosse während der Griechenlandkrise gespottet haben könnte.

Euklid definierte die Verhältnismäßigkeit der Seiten eines Dreiecks als Erster. Mit einer Formel, die jeder Schüler kennt: A^2 plus B^2 gleich C^2. Heute scheinen die Verhältnisse in der Politik eher ein Ausdruck von Hilflosigkeit.

Otto der letzte zieht sich aus der politischen Diskussion zurück. Privatisiert. Genug damit zu tun, das Kürzel O.W.B. unter die Leute zu bringen. Engagiert eine PR-Agentur, sein neuestes Buch bekannt zu machen: «GESICHTER - das Rätsel hinter den Fassaden». Trotz großer Zustimmung keine Aussicht, ein Großer zu werden. Otto ist tot. O.W.B. wer ist das?

Da geschah Unerhörtes, Einmaliges, das nicht geschehen durfte. Ottos Töchter erdreisteten sich, ihn Otto zu rufen. Ohne ihn um Erlaubnis zu bitten. Zu fragen, ob es ihm genehm sei. Dachten, wie sie ihm später gestanden, es würde ihn freuen, wenn Frauen ihn Otto riefen. Wie Marga, ihre Mutter. Ihn an alte Zeiten erinnern und glücklich machen.

Es ist noch nicht lange her, als Kinder ihre Eltern siezten. Abstand zu wahren. Alter und Erfahrung eines langen Lebens anzuerkennen. In Frankreich sagt man heute noch respektvoll: Je vous aime, Mama. Nicht: Je t' aime, ich hab Dich lieb.

Heute ist bei uns alles anders. Kinder wollen ebenbürtig, Kumpel der Eltern sein. Sie kritisieren können. Intelligenter gar als die, die sie zeugten und unter Schmerzen geboren. Unaufgeklärt und naiv trotz Abitur und Weisheiten aus alten Büchern. Latein ist nicht mehr der Schlüssel zum Verständnis unserer Zeit. English spoken open the future. Freedom for every wife, every daughter.

Otto sind solche Gedanken und Thesen nicht unbekannt. Fragte sich jetzt: „Soll ich sie mich Otto nennen lassen oder protestieren? Diesen vermaledeiten Otto auf mir sitzen lassen wie einen Pfropf? Als hätte ich zu hohen Blutdruck. Hoher Blutdruck, ja das stimmt. Auch stimmt, dass diese Frauen meine Töchter sind. Sie lieben mich, wie sie mich immer liebten. Auch ich liebe sie. Mehr als früher, muss ich ehrlicherweise zugeben."

Seit Otto allein ist, braucht er sie wie das tägliche Brot. Telefonieren so oft wie möglich, mailen ihre Meinung zu allem, was passiert. Sie kritisieren ihn und er wehrt sich. Er lädt sie ein, im Wonnemonat Mai und zu Weihnachten. Angéla aus New York, Ulrike aus Hamburg nach Freiburg ins Seniorenstift. Seine verstorbenen Ehefrauen und Tochter Dorothee in Gedanken dabei. Wie früher zu feiern, zu erinnern, sich näher zu kommen.

Noch ist Otto nicht bereit, Verstand und Atem aufzugeben. Sollen sie ihn Otto nennen, sooft es sie gelüstet. Jetzt akzeptiert er seinen Geburtsnamen. Aber nur als Ausnahme von der Regel. Weil diese Töchter das Ergebnis seiner Leidenschaft - sprich Schöpferkraft - sind. Und es bleiben bis in

alle Ewigkeit. «Amen» drängt es ihn zu be-
stätigen, als wäre es das katholische Glau-
bensbekenntnis und lässt es. Wer weiß,
was noch passiert.

Über den Autor

Otto W. Bringer, 89, vielseitig be-
gabter Autor. Malt, bildhauert, foto-
grafiert, spielt Klavier und schreibt,
schreibt. War im Brotberuf Inhaber
einer Agentur für Kommunikation.
Dozierte an der Akademie für Mar-
keting-Kommunikation in Köln.

Freie Stunden genutzt, das Leben in Verse zu gießen.
Mit 80 pensioniert und begonnen Prosa zu schreiben.
Sein Schreibstil ist narrativ, "ich erzähle" sagt er. Seine Themen sind die Liebe, alles Schöne dieser Welt.
Aber auch der Tod seiner Frau. Bruderkrieg in Paläs-
tina. Werteverfall in der Gesellschaft. Die Vergäng-
lichkeit aller Dinge, die wir lieben. Die zwei Seelen in
seiner Brust.

Weitere Bücher von Otto W. Bringer

"ROSE LEBT": Wieder auferstanden in diesem Buch. Lebendig in Bildern und Liebesbriefen an die Verstorbene.
Taschenbuch mit 230 Seiten und 15 Fotos

"MALLORCA mit allen Sinnen": Land und Leute kennen und lieben gelernt. Das Meer, die Buchten, in Finkas gewohnt und in Nobelhotels. Mit Einheimischen gefeiert.
Taschenbuch mit 212 Seiten und 21 Fotos, auch als ebook lieferbar

"ITALIEN mit allen Sinnen": Die Wiege abendländischer Kultur. Ziel ihrer Sehnsucht, Menschen kennenzulernen. Zu sehen, zu erleben, was Kunst ist. Einschließlich kulinarischer Genüsse.
Taschenbuch mit 242 Seiten und 21 Fotos, auch als ebook lieferbar

"FRANKREICH mit allen Sinnen": Nachbarland, in dem Geschichte lebendig ist. In römischen Theatern, Klöstern und Königsschlössern. Kultur eingeatmet, Geschichte hautnah erlebt. Sterneküche und Bistros genossen.

Taschenbuch mit 220 Seiten und 30 Fotos, auch als ebook lieferbar

"ZUHAUSE – Wo?" Autobiographie, eine lange, detailreiche Geschichte. Mit Niederlagen und Siegen. Überraschenden Höhepunkten und geplanten Erfolgen. Liebe und Tod die Eckpunkte allen Geschehens.

Taschenbuch mit 443 Seiten

"GESICHTER das Rätsel hinter den Fassaden" Alles hat ein Gesicht. Essays über Pharaos Goldmaske, Jesus von Nazareth, Karl der Große, Goethe, Adenauer, Marilyn Monroe u.a. Ein Hund, Landschaft, Städte und der Autor selbst im Spiegel. Findet er des Rätsels Lösung?

Taschenbuch mit 250 Seiten und 18 Abb., auch als ebook lieferbar

"AUGE um AUGE": Roman über den Konflikt zwischen Juden und Palästinensern. Politische und gesellschaftliche Probleme. Ein Mann und zwei Frauen darin verwickelt. Eine von ihnen ist Jüdin. Engagiert mit ihrem Freund für Versöhnung. Sie lernen sich kennen und das Drama nimmt seinen Verlauf. Tote auf allen Seiten. Ein Mann, eine Frau bleiben und ein dreijähriges Kind.

Taschenbuch und Hardcover mit 286 Seiten, auch als ebook lieferbar

"PORCUS – das charakterlose Schwein" Fast ein Krimi. Lebenslauf von Gymnasiasten, die sich mit lateinischem Namen ansprechen. Porcus einer, der sie verpetzte, als sie in der Pause mit Mädchen schmusten. Später versuchte er einen von ihnen zu töten. Was ihm nach vielen schlimmen Ereignissen zum Schluss auch gelang. Weil er einen schlechten Charakter hatte?

Taschenbuch und Hardcover, 224 Seiten, auch als ebook lieferbar

"Das Rätsel Frau" – aus der Sicht des Mannes. Weil sie anders ist. Nicht nur anders aussieht, sondern vor allem anders denkt, fühlt, reagiert und entscheidet.

Taschenbuch und Hardcover mit 144 Seiten, auch als ebook lieferbar

"Fräulein QUAKIS Versuche ein Mensch zu werden". Geschichte einer Freundschaft zwischen einem kleinen Mädchen und einem Froschfräulein. Was so hoffnungsvoll begann, endet in einem Desaster. Alle Versuche Deutsch zu lernen scheitern. Wundermittel, Wallfahrten und Gentransplantion bleiben erfolglos. Sie bleibt ein Frosch. Und endet nicht wie der Frosch in Grimms Märchen. Taschenbuch und Hardcover mit 104 Seiten, auch als ebook lieferbar

"Adieu – Nichts bleibt …"

Jeder weiß, dass Abschiednehmen zum Leben gehört. Sich trennen müssen von dem, was wir lieben, gewohnt sind. Wir verdrängen den Gedanken daran, aber es hilft uns nicht. Leben heißt sich verändern. Kommen und gehen wie Frühling, Sommer, Herbst und Winter. Wachsen und reifen und sterben. Sonst wäre es nicht lebendig, sondern tot.

In 38 Kurzgeschichten erzählt der Autor, wie er selbst und viele andere dieses ständige Abschiednehmen erlebten. Besser gesagt überlebten. Jedes Mal tieftraurig danach, gefasst oder reifer geworden in Einsicht und Charakter. Entschlossen Neues zu beginnen oder es hinzunehmen wie ein unvermeidliches Schicksal.

Taschenbuch und Hardcover, 187 Seiten, auch als ebook lieferbar

"Mann Gottes" Der Mann Theologe und Dozent an einer katholischen Akademie. Die Frau heimgekehrte Russlanddeutsche, verheiratet. Sie verlieben sich, begehren einander. Probleme bleiben nicht aus. Innere Zweifel, äußere Zwänge führen zu einem Fiasko.

Taschenbuch und Hardcover, 224 Seiten, auch als ebook lieferbar

"Ich bin nicht der ich bin" Wer bin ich? Die Frage treibt den Autor um. Denkt und denkt und kommt nach vielen gedanklichen Pirouetten zur Erkenntnis: ich bin ein Mensch wie andere. Mal so, mal so. Wechselhaft wie das Wetter.

Taschenbuch und Hardcover, 83 Seiten, auch als ebook lieferbar

„ALTER EGO – das andere Ich" Das Leben eines Mannes, der zweihundert werden will. Unterwegs zu den fantastischsten Abenteuern. Alltags in Freiburg, im Universum auf den Flügeln seiner Fantasie. Und bei sich selbst. Herauszufinden, wer er ist. Liebt, malt, spielt Klavier, kocht. Ein Mensch mit mehr als zwei Identitäten? Alle in einer Person? Mehr als Gott in drei. Höchst spannend, seiner Vita zu folgen. Der Auferstehung seiner toten Rose.

Taschenbuch und Hardcover mit 384 Seiten. Auch als ebook lieferbar.

„Das Haar in der Apokalypse" Die aufregende Geschichte von einem Haar aus der Wolle eines provençalischen Schafes, im 14. Jahrhundert zu Garn gesponnen, zum Gewand des Apostels Johannes und Gottvaters geknüpft. In fantastischen Bildern der Apokalypse, den Endzeitgesängen des Johannes, auf riesengroßen Teppichen nebeneinander gehängt in einer Länge von über 100 Metern.

Ein ausdrucksvoll eindringliches Spektakel mittelalterlicher Vorstellungen vom Ende der Welt - und einem Haar, das nicht sterben wird, solange die Teppiche im Schloss von Angers an der Loire hängen.

„Das Experiment" Parabel könnte man dieses Buch nennen. Philippe Emmanuel Escargot ist klein von Gestalt. Hoch begabt, träumt, der Größte zu werden. Die Idee Im Kopf, Häuser für Menschen zu bauen, die wie Schneckenhäuser aussehen und funktionieren. Zuhause sein und unterwegs gleichzeitig. Studiert Architektur, experimentiert, verliebt sich. Scheitert, beginnt wieder von Neuem. Er will mit seiner Freundin im Schneckenhaus wohnen. Das Experiment gelingt, wie es den Anschein hat.

Taschenbuch und Hardcover mit 244 Seiten. Auch als ebook lieferbar.

In der modernen Welt wird es für das Individuum zunehmend schwieriger, sich gegen Visionen von Größe bei Politikern zu behaupten und Moden aller Art, die laufend wechseln. Globalisierung und Digitalisierung nehmen zu, in bisher unvorstellbarem Tempo, gefährden Arbeitsplätze, verwischen Maßstäbe. Groß muss alles sein, um mehr Macht zu haben. Der Einzelne scheint wehrlos. Die Gefahr, sich selbst zu verlieren, ist groß – Selbstbestimmung nur noch ein Wunschbild? Beispiele in diesem Buch zeigen, dass es geht, wenn der Mensch seine Ansprüche reduziert und ein bisschen Mut aufbringt der zu sein, der er ist.

Taschenbuch und Hardcover mit 228 Seiten. Auch als ebook lieferbar.

Friedrich II., Kaiser des Heiligen Römischen Reiches — der mächtigste und fortschrittlichste Potentat seiner Zeit wird aller Ämter beraubt. Was macht ein Mann, den die Kirche entmachtete? Der als Erster ein Gesetz zur Reinhaltung der Luft erließ? Der Fremde in sein Land holte, um es zu bereichern? Der Universitäten gründete, Bücher schrieb und Frauen nicht nur liebte, um Nachfolger zu haben?

Taschenbuch und Hardcover mit 400 Seiten. Auch als ebook lieferbar.

Nichts bewegt Menschen so sehr wie Sterben und Tod. Die Angst vor dem endgültigen Aus besteht zwar meist unbewusst, treibt uns aber an und motiviert uns, am Leben zu hängen, es zu lieben - mit allen Fasern unseres Seins.

Dieses Buch definiert Gründe für die Angst vor dem Tod, ebenso die Tricks, ihm auszuweichen, ihn zu ignorieren sowie die Rolle der Religionen dabei - vom sogenannt »finsteren Mittelalter« bis in die aufgeklärte Gegenwart.

Wer es aufmerksam liest, entdeckt hinter allem Positives. Das Buch ist eine Aufklärungsschrift über die Macht des Todes, aber ebenso eine einzige Hymne an das Leben. Die Bekenntnisse des Autors: Liebeserklärungen eines Optimisten.

Taschenbuch und Hardcover mit 356 Seiten. Auch als ebook lieferbar.

In diesem Buch hat ein Poet sich inspirieren lassen, Obst und Gemüse auf seine Weise gesehen und interpretiert – anders als Markt, Supermarkt und Biologen es definieren. Formen verändern sich und bleiben, was sie sind. Farbe zeigt Wechselwirkungen. Alltägliches kommt auf neue Gedanken, träumt Schönes, wird Bild und Vers.

108 Seiten, auch als E-Book lieferbar.

Gläser, Schalen, Krüge aus flüssigem Kalk-Natron – geblasene gläserne Gegenstände sind nützlich zumeist. Schön manchmal. Immer aber zerbrechlich. Es könnte dahinter noch was zu entdecken sein. Anregendes. Nachdenkliches. Gefühle wecken. Erinnern, bewegen und hoffen wider alle Hoffnung.

Alles das kann geschehen, denn der Autor dieses Büchleins hat Gläsernes ins rechte Licht gerückt. Im richtigen Moment auf den Auslöser der Kamera gedrückt. Die Fotos im PC modifiziert. Um sich inspirieren zu lassen zu dem, was Sie in diesem Büchlein lesen. Glücklich, wenn Schönes Sie berührt. Und nachdenklich. Erkennen Sie sich selbst in dem ein oder anderen.

Taschenbuch und Hardcover mit 96 Seiten. Auch als E-Book lieferbar.

ROLLENTAUSCH ist ein Bühnenstück, das die bisherige Lesart auf den Kopf stellt. Laut Bibel hat Gottvater zuerst den Mann erschaffen, dann erst Eva. Der Autor lässt in seinem Bühnenstück Gott seinen Schöpfungsakt überdenken und zu dem Entschluss kommen, noch mal von vorne zu beginnen und die Frau als Erste zu erschaffen. Ein Gleichnis mit vielen Bezügen zu aktuellen Äußerungen und Ereignissen.

Taschenbuch mit 104 Seiten.

Der Autor wusste praktisch nichts über seinen Vater, was er gedacht, gefühlt, geliebt. Wie sein beruflicher Alltag aussah. Nur ein altes Foto, zufällig entdeckt beim Aufräumen. Sich nur erinnert, was er gesehen, gefühlt als Kind. Schüler, Flakhelfer und Soldat Ende des Zweiten Weltkrieges. Gewusst nur, dass sein Vater 1915/16 als Soldat in Riga war. Fragt sich: War er beteiligt an der Zerstörung der Stadt? An der Verhaftung von Juden?

Taschenbuch und Hardcover mit 240 Seiten. Auch als E-Book lieferbar.

Jeder hat eine Meinung von Dingen, Gott, Natur, Politik und allem, was passiert. Auch von sich und anderen Menschen. Solange sie nicht andere beleidigt oder bedroht, ist sie legitim. Lobenswert die Meinung anderer zu akzeptierten, auch wenn sie der eigenen widerspricht. Ideal geradezu, lädt sie ein zu diskutieren, einen gemeinsamen Nenner zu finden, einen Kompromiss. In diesem Buch hat der Autor alle Aspekte der Meinungsbildung erläutert. Ursachen, Methoden, Meinungen friedlich zu äußern oder anderen gewaltsam aufzuzwingen. Gelangt zu der Erkenntnis, dass heute eine Meinungs-Diktatur herrscht.

Taschenbuch und Hardcover mit 196 Seiten. Auch als E-Book lieferbar.

Otto W. Bringer
Visionen des
Fritz Piccolo
und der Punkt
über dem i

tredition®

Wer ist dieser Piccolo? Dem Zunamen nach Italiener. Erfolgreicher Enkel des ersten Einwanderers aus Sizilien. Fritz statt Federico zeigt, er hat sich gut integriert. Ein i im Namen wie abertausend andere. Mit einem Punkt darüber, sonst hieße er nicht Piccolo. Der einzige Buchstabe im Alphabet mit einem Punkt muss ihn fasziniert haben, denn alle seine Produkte haben ein i im Namen. Sie scheinen unauffällig, überraschen den Käufer in der täglichen Praxis.

Der 1,52 m kleine Mann hat Visionen und Einmaliges im Sinn, das er noch geheim hält. Bundeskanzler Schmidt hätte ihn zum Arzt geschickt. Fritz Piccolo aber ist ein ganz besonderer Visionär. Hätte Schmidt ihn persönlich gekannt, wäre er Psychotherapeut geworden statt Politiker, um Piccolo sein Geheimnis zu entlocken.

Taschenbuch und Hardcover mit 260 Seiten. Auch als E-Book lieferbar.

Zeitfracht Medien GmbH
Ferdinand-Jühlke-Straße 7
99095 Erfurt, Deutschland
produktsicherheit@kolibri360.de